마음 무늬 그리고 바라보기

이순이

새미

행복의 뜨락을 거닐며

자연의 은혜로움과
스승의 자비로
또
문우들의 격려와
매사를 보듬어준 가족들의 사랑이
광주리 가득
시라는 모습으로 모여
두 번째 시집을
세상에 가만히 밀어내 봅니다.

허공에 무수히 떠다니는 언어들이
마음과 합일을 이루어 시로 탄생 할 때는
가슴 벅찬 희열로
온 몸에 생기가 돌아
늘 행복 했습니다.

첫 번째 시집을 내고
어언 3년이 지나고 보니

시라는 옷들이 장롱 속에서
외출을 기다리며 밖에 나가고 싶어 했습니다.
그 마음이 전해 졌는지
멋진 나들이를 기획 해주신 새미 출판사와
늘 격려로 지도 해주신
채수영 교수님, 오명근 작가님께 깊이 감사드립니다.

그리고 이 시집으로 인연 된 모든 분들이
건강하고 행복하시기를 두 손 모아 기도드립니다.

2015년 시월 저자 삼가

목차

머리말-행복의 뜨락을 거닐며

제1부 행복했던 날에

행복했던 날에 ‖ 13 뜨개질을 하며 ‖ 14
時(시) ‖ 15 어머니 ‖ 16 침묵 ‖ 17 존재 ‖ 18
인연 ‖ 19 천불천탑 ‖ 20 주목나무 ‖ 21
만리포 갈매기 ‖ 22 모정 ‖ 23 여행 ‖ 25
詩(시) 2 ‖ 26 무지개 ‖ 27 불만 ‖ 28
의자 ‖ 29 노송 ‖ 30 벗 ‖ 31 애착 ‖ 32
어머니 2 ‖ 33 수종사 ‖ 34 연화법문 ‖ 36
애착의 씨앗 ‖ 38

제2부 봄맞이

봄맞이 ∥ 43 봄이 오는 길목에서 ∥ 44

나비가 되어서 ∥ 45 삼월의 봄 ∥ 46 봄 햇살 ∥ 47

새싹 ∥ 48 봄앓이 ∥ 49 푸른 싹을 위한 노래 ∥ 50

봄비 ∥ 52 봄 나들이 ∥ 53 벚꽃 ∥ 55 벚꽃 2 ∥ 57

봄비 2 ∥ 58 봄비 내리던 날 ∥ 60

오월은 ∥ 61 담장에 핀 야생화 ∥ 62

꽃술 맘에게 ∥ 63 대추나무 ∥ 64 찔레꽃 ∥ 65

봄 이별 ∥ 66 오월 풍경 ∥ 67 봄비 3 ∥ 68

제3부 여름달밤

여름 달밤 ‖ 71 여름 ‖ 72 유월의 장미 ‖ 73

물안개 젖은 마음으로 ‖ 74 단비 ‖ 76 풀잎 ‖ 78

산나리 ‖ 79 초롱꽃 ‖ 80 어미감자 ‖ 81

장맛비 ‖ 82 낮 달맞이꽃 ‖ 83 은방울꽃 ‖ 84

넝쿨장미에게 ‖ 85 부추꽃 ‖ 87 도라지꽃 ‖ 89

맨드라미 ‖ 90 야생화 ‖ 91 나팔꽃 ‖ 92

메꽃 ‖ 93 영산홍이 나팔꽃에게 ‖ 94 수련 ‖ 95

등꽃 ‖ 96 노루귀꽃 ‖ 97 무궁화 ‖ 98

삼복더위 ‖ 99 잠자리 ‖ 101 계곡 물소리 ‖ 102

곰지기 계곡 ‖ 103 칠월 달빛 ‖ 105

제4부 가을 캔버스

가을 캔버스 ‖ 109 구월은 ‖ 110 입추 ‖ 111

白露(백로) ‖ 112 박 ‖ 113 석류 ‖ 114

가을 길에서 ‖ 115 가을비 ‖ 116 파 모종 ‖ 117

가을 비 2 ‖ 118 가을바람 ‖ 119 구절초 차 ‖ 120

단풍 ‖ 121 용문사 은행나무 ‖ 122 단풍2 ‖ 123

낙엽 ‖ 124 나뭇잎 ‖ 125 늦가을 ‖ 126

서리 ‖ 127 숲 속 ‖ 128 바람 ‖ 129

담양 호수에서 ‖ 130 아침고요 수목원에서 ‖ 131

이별을 고하며 ‖ 133

제5부 겨울 문턱에서

겨울 문턱에서 ‖ 137 겨울비 ‖ 138 겨울 산 ‖ 139
설경 ‖ 141 첫눈 ‖ 142 裸木(나목) ‖ 143
冬木 ‖ 144 설경 2 ‖ 145 설경 3 ‖ 146
발자욱 ‖ 147 진눈개비 ‖ 148 설경 4 ‖ 149
입춘대길 ‖ 150 입춘 ‖ 151 소나무의 일생 ‖ 152
아침바다 ‖ 153 편백나무 숲 ‖ 154

◆ 작품평설_채수영 ‖ 157

제1부
행복했던 날에

행복했던 날에
− 출판기념회에서 −

매화향기보다

더
그윽한
德의 향기

햇살 되어
은은히
퍼진 자리

넓고 깊은 마음
물들었습니다

뜨개질을 하며

- 을미년 새해에 -

소망

한올
한올

코

하나
하나
정성으로

엮어진
시간들

올올
담아
꿈을 이루리

詩(시)

− 도토리 −

가시덤불
토실한 얼굴

하나, 둘
모아 모아서

속살 보일 듯 말듯
껍질 벗겨내고
햇살에 말려

맑은 물 우려내
가라앉히면

고운 詩로
새 생명 얻었네

어머니

어디쯤 서 있어
어떻게 해야 할까

작은 바람에도
흔들거릴 때

생각하면
가슴 환해지는
당신

다
주고도

그 자리
큰 산

침묵

마음 벗 하는
詩 보다 더
아름다운
그대

새들의 노래까지도
알아들을 수 있다면

내 마음
깨어나는 그 순간이
올 때까지

언제나
기다리리
그냥 그렇게

존재

— 오키나와 여행을 하며 —

아득히
밀려갔다
밀려오는

파문에
홀로 견뎌도
언제나

그 자리
섬

인연

어떻게
내게 왔을까
우주의
숨소리

거친 흙
두 손 모아
정성으로 심어놓고

탄생을
기다리는
마음

날마다
날마다
두근거리는 사랑

천불천탑

- 운주사 -

한가롭구나
해탈한 모습

몸뚱이야 있든 없든
세월이야 가든 말든

세상근심
한보따리 라도

걱정마라
걱정마라

주목나무
― 1000년 된 괴목을 보며 ―

천년에 또
천년

옹이
옹이
사연도 많아

꿋꿋이
꿋꿋이

벙어리
귀머거리
텅 빈 가슴

세상 뜻
받아드리니

보살이 된 빛

만리포 갈매기

- 노 부부 -

매이고 꼬인
그물망
참견치 말고

훨 훨
가고 싶은 곳
마음대로 갈수 있지만

그리운 얼굴들
이내 못 잊어

처~얼석 철석
파도 이야기에
울고 웃으며

피었다 지는
나무들과
추억 노래 부르네

모정

틀린 것이 아니라
다름이라 말하는
딸아이

어느새
두 아이 엄마 되었네

맞는 말인데도
쓰라린 것은

마음 속
내 상처 덧났나보다

아려오는 가슴
쓰다듬으며

맞다
맞다

나처럼 살지마라
속으로 운다

여행

머물러 풍경
스쳐지나

걸리지 않는
바람처럼

그냥
그렇게 지나는
무심

버리는 연습
달리며 배운다

詩 (시) 2

- 마른장마 -

햇무리
빗살 구름

숨어 우는 먹구름

지나가는 여우비
퍼붓는 소낙비

그대는
파란 하늘

무지개

가을바람이
하루 종일
소슬비를 몰고 왔다

그 많던 고추잠자리
어디서 쉬고 있는지

귀뚜라미 노래에
여름 붙잡으려는 매미
애타게 임을 부르는데

서쪽 하늘에
쌍 무지개가 떴다
좋은 일 있으려나

불만

버리겠다
버리고 말겠다

이리 저리
갖고 놀다가

펑
터져버린
풍선

의자

내 안의 공연장
만석이다

여기 앉을까
저기 앉을까

좋은 자리는
*오욕의 무리
키들거리고 있다

외진 곳
안락의자
비어있다고
어서 오라 손짓한다

어디에 앉을까?

* 五慾 (오욕) : 사람의 마음속에 있는 다섯 가지 욕심
　　　　　　재물 욕, 명예욕, 색욕, 식욕, 수면욕

노송

허리 굽은
소나무
안간힘을 쓰다가

남은 힘 모아
솔방울 맺어
바람에 맡기고

짓밟힌 잔뿌리
발디딤 내어주고
시름시름 앓다가

그루터기 되어
나그네 쉼터로
살고 있네

벗

달려가는 겨울
휘어진 소나무엔
까치 한 마리

차 한 잔
마주 놓고
도란 도란
그리워라 나눌 벗

사려 깊고
이해하고
격려해줄 그런
사람

애착

놓아야지
놓았다

하루에도
수없이
잡았다
다시 놓는
줄다리기

언제
언제쯤이면
놓아버릴까

어머니 2

당신은
끝없는 하늘
비가 오나
눈이오나
바람이 불어
구름에 숨어서라도
따스히 다가오는
햇살

수종사

헤어졌다 다시
만나는 두물머리
촘촘한 투망 던져
튼실한 시어
몇 개 건지고

햇살 가득 들어온
삼정헌 다실
차 한 잔에
우주를 마셨네

해탈 문 넘어
허공에 집을 지은
오백년 은행나무
가만히 껴안고
禪이라 우겨보니

댓돌위에
마알갛게 닦아놓은

노스님 하얀 고무신

다~

놓고 가라하네

연화법문
- 설성면 성호 저수지 연꽃 밭에서 -

*염화미소 연꽃 밭
연잎으로 더위 식혀주고
더러움에 물들지 않으며
맑은 향 꽃이나 보라하네

딸랑 딸랑 연밥들 *八正道를 보여주고
또르륵 또르륵
연잎위에 옥구슬들
저마다 說法 하니

내 안의 갈증들
벌컥 벌컥 감로수 마시네

* 염화미소: 부처님이 연꽃 한 송이를 들고 아무런 말도 없이 있을
때에 가섭존자가 그 뜻을 알고 미소를 지었다 해서 염
화미소라 하는데 그 뜻은 문자나 언설을 하지 않고도
그 뜻을 아는 것이라고 하며 이심전심이라고도 함

* 八正道: 바른 견해, 바른 사고, 바른 말, 바른 행위, 바른 생활, 바
른 노력, 바른 기억, 바른 집중을 불교에서 도를 이루는
실천방법을 八正道라 함

애착의 씨앗

바람의 수다
고개 내밀어
기웃 기웃

벌거벗은 나무
휘어잡고
휘청 휘청
가시발톱에 찔린 상처

따사한 햇살
실눈 뜨고 바라보니
어아라
누가 주인인가?

털옷 벗고
봄비로
꽃망울 터트리니
시들어가는 가시덤불

내 마음에 있는 애착의 씨앗에 봄비가 내리니
우후죽순 새싹이 고개를 내민다.
꽃샘바람에 휩쓸려 어느새 커버린 새싹들이
저마다 수다를 떨며 주인공이라 한다.
남쪽에 피어난 매화 꽃소식에 정신 차리고 보니 할퀸
상처에 진물이 흐른다.

제2부

봄맞이

봄맞이

방울방울
빗물에
얼굴 씻고

바람에게
귀를 열어
봄비 받아들이는
나뭇가지들

망울망울
꽃눈들
커져 가는데

어서 어서
깨어나거라
내 안의 새싹들

봄이 오는 길목에서

수근 수근
주룩 주룩

먼지 걷히고
마음 씻어
봄비라

마냥 그리워
맑은 풍경
하늘

파아란 얼굴들
기다리는
오후

나비가 되어서
 – 오키나와에서 –

겨울잠을
깬 나비

춘 삼월
황사바람에
휘청 휘청

노오란 꽃다지에
앉아보아도
가눌 길 없는
마음

이역 낯선 땅
건너와 보니

언제
그랬느냐는 듯
훨훨
날아다니네

삼월의 봄

아장 아장
비틀 비틀
봄 아가 온다고

향나무 속
참새들
재잘거림 한창이네

꼬물꼬물
들석 들석
상사화 할미꽃

시샘하는 꽃샘바람
성큼성큼 오는 그대
막을 수는 없네

봄 햇살

구름 속을 헤집고
달려 온 그대

근심 걱정은
바람에 실려 보냈는지
평온하기만 하네

따스한 기운에
포근히 안겨
눈 감으니

얼굴
간질이는 아지랑이
오색실

새싹

촉 촉
봄비에

가쁘게
종종걸음

옹알옹알
두리번 두리번

나비에게 들켜버린
연둣빛 얼굴

봄 앓이

콜록 콜록
꽃들의 잔기침

덩달아
열꽃 피어
시름시름

연둣빛 물들어
진달래 필 때

무거운 옷
벗어놓고
기지개

바쁜 마음
휘리릭
휘리릭

푸른 싹을 위한 노래

살가운 바람
옹알이 아지랑이

남몰래 붉어진
수줍은 얼굴

한가락 봄비
움트는 꿈

산수유 꽃망울
옷 벗는 소리

기지개 피는
씨앗들의 노래

시작노트
내 마음에도 연둣빛 꿈이 움트는 것을 보니
무채색 겨울이 드디어 가려나보다.
긍정의 씨앗들에게 봄비를 흠뻑 맞게 하고 싶다.

봄비

- 목련 -

젖은 알몸
가슴에 안기더니
껴입은 털옷
벗으라고 부추기네

못들은 척 움츠리니
밤새도록
소곤소곤
믿으라하기에

실눈 뜨고 바라보니
발밑에 냉이
봄맞이 했다
싱긋 웃네

봄 나들이

섬진강
거닐던
매화향기

구름타고
천리 길
두둥실

*법향
가득안고
돌아와 보니

개나리 산수유가
싱긋 웃고 있네

* 법향: 지리산 쌍계사에 사시는 도반의 법명이 법향이다.

법의 향기로 모인 6명의 도반들과 하룻밤을 같이 보내고
돌아온 어느 봄날

벚꽃

- 낙화 -

밤하늘
하얀 나비
승천 한다

꽃 진다
바람 탓 안하리

물러날 때도
스스로 알며

어둠 속에서도
활짝 웃고

떨어질 때도
아름답게

아~
찬 서리 눈보라
이겨낸 향기

미련 두지 않는
그대에게
공양 올리리

벚꽃 2

황혼
섬진강 거닐다가
벚꽃이 되어

콩닥 콩닥
싱큼 생큼
열일곱 소녀라

보름달
깔깔거리며
숨 박 꼭질 하다가

가슴
분홍 물들어

날마다
날마다
꽃놀이 하네

봄비 2

사월
가는 길에
하늘도 울고
땅도 우니

영산홍 꽃잎
얼룩진 얼굴
늘어진 꽃 수술
가련 하네

울다가
텅 빈
하늘

라일락 피는
오월향기
가릴 수 있을까

시작노트

세월호 침몰사건으로 슬픈 유가족을 생각하며….

봄비 내리던 날

마른 땅 빗소리
반가움에
끌어안았습니다

하늘과 구름이
오랜 갈등 끝에
화해를 했나 봅니다

메말라 갈라진 상처
어루만져
꿰매어 주는 저녁나절

부딪힐 때마다
소리 내던 마음
받아드리는 것
배웠나 봅니다

오월은

햇살 따라
꽃 들
달음박질

덩달아
어정 버정이다

분홍 꿈
향기 따라
숲속에 가보네

연둣빛 산야
꾀꼬리 노래에
여름을 맡기니

나이도 잊은
뜨거운 청춘
불타오르네

담장에 핀 야생화

자나 깨나
세상 그리워
탈출을 꿈꾸다가

바람난 봄 따라
이리 저리
휩쓸리어

담장에
둥지 틀고

세찬 비바람
견디며

수줍은 웃음으로
손짓 하건만
알아보는 이 없네

꽃술 맘에게
– 영산홍 꽃이 지는 것을 보며 –

애쓰지마
황사바람
얼룩진 얼굴

대롱대롱
안타까워

뛰어내려라
풀잎이 안아 줄거야

초록물결에 묻히면
또 다른 삶
살아 갈 수 있단다

대추나무

꽃망울 맺으려고
몸살 앓더니

얼굴 숨긴
연초록

살랑 살랑
달려 나간
향기

앵앵 앵
중매 서는
벌들

찔레꽃

너도 나도
덩달아
제 몸 불살라
피어오를 때
꿈적 안하더니

눈 웃음 치며
담 넘어
기웃 기웃
날 좀 보소
날 좀 보소

봄 이별

온다 온다
기별하며
꽃샘추위 보내오고

어깃장
황사바람
숨바꼭질

폭죽 터뜨리듯
꽃잎 터져
가슴 뛰게 하더니

얼룩얼룩
매달린
눈물 자욱

붙잡을 사이 없이
왔다가는 줄도 모르게
초록으로 물들었네

오월 풍경

어디서 왔다가
어디로 가는 걸까

숨죽인 새싹들
봄이 오는 소리에
얼굴 내미느라 바쁘고

여린 듯
수줍은 향기
감싸고 흐르는 가슴

머물 바 없다
인연을 설하는
오월의 산자락

푸르른 나무들
흥겨운 춤을 추네

봄비 3

마른 가슴에
기다림
받아드리고

촉촉
눈물로
얼굴 부비면

그대 반가워
젖어도
좋기만 하네

제3부

여름 달밤

여름 달밤

더위 물리치고
쏟아진 달빛에
그림자 따라오네

마중 간
귀뚜라미
가을 왔다는 소식

풀버래 합창
무르익으니
무슨 말이 필요할까

여름

다가와도
데일 것 같은 정열을
가만 가만 달래
그늘에 앉혀놓고

솔바람
간질이면
토란잎에 담아
마음에 안겨주고

받아
붉어가는
토마토처럼

그렇게 살다보면
귀뚜라미 우는 밤
찾아오겠지

유월의 장미

꾀꼬리 노래
감꽃에
동동 매달아

그대
올 때까지

가만히
그냥 그냥
있으라 하니

초롱초롱
달려있다며

괜한 걱정
말라하네

물안개 젖은 마음으로

- 담양 수목원 펜션에서 -

고즈넉한 호수가 물안개에 젖어있다
추월산 기암괴석 깎아지른 석벽 숲속에
얼굴 내민 암자
녹음방초 깊은 계곡
오두막 창가에 하릴없이 앉아보니
한가로운 기억도 아물아물하다

쫓기 듯 세상 근심 참견하며
영혼을 힘들게 하고
몸뚱이가 그렇게 아프다며 호소를 해도
왜 모르는 척 일만 했느냐고 하는
또 다른 나의 항변에 눈물이 난다

이산 저산 꿩들의 노래가 들리고
이름 모를 들풀들도 피었다 지며
제 할 일만 하건만
비움과 채움이 무엇인지도 모르고
살아온 세월 돌아본다

계곡에는 누가 보던 말든
오동포동 살찌운 푸른 이끼는 싱글거리고
누렇게 익어가는 보리도 당당함으로

넘실넘실 벌나비 부르는 산야의 꽃들
호수를 한 바퀴 돌고 온 솔바람을
두 팔 벌려 마신다

가는 길 알지 못하면 어떠리……
푸른 꿈 나래를 펴고
훨훨 날아보려네

단비

햇살이
쉬고 싶어
구름뒤에 숨으니

눈치 빠른 바람
달려 나가
비 몰고 오네

그리움 쌓던
초목

깊은 포옹으로
쉬었다가라
속삭이는데

며칠 있다
다시 온다며

뒤도 돌아보지 않고
가버리는
얄미운

풀잎

비가 내린다
떨고 있는
내 모습을 보다가 너를 만났다

햇살 밝은 날
방실거리는 꽃들을 보느라
네 얼굴 미처 보지 못했는데

비에 젖지 않고
반짝거리는 눈으로
깨어나는 그대
꽃보다 어여쁘다

모든 걸 끌어안고도
채우기보다
젖어야할 것이 없는
빈 마음
오늘에서야
보았구나

산나리

사랑받고 싶은 욕망으로
낭떠러지 바위틈에
햇살 받아 키운
사랑

쓰르르
쓰르르
매미

주근깨 얼굴로도
활짝 웃을 수 있는
꿈 이룬
여유로움

초롱꽃

행여
먼 곳에서 오시면
어쩌나 싶어

초롱초롱
꽃등 들고

몇날 며칠
기다립니다
하염없이…

어미 감자

주렁주렁
젖 물리고 키우느라

쭈글쭈글
빈껍데기

내 새끼
대견하여

돌아온
기쁨

가지마다
웃음 꽃

장맛비

하늘은 울보
툭하면 눈물

빗줄기 따라온
쓸쓸한 기운들

우르르 우르르
가슴에 내려

쏟아져
남김없이
그렇게

마알갛게
마알갛게

낮 달맞이꽃

온 종일
방긋 거리다
어스름 저녁이면

고개 숙여 다소 곳
이슬눈물 밤새
똑 똑 똑

엇갈린 운명으로
그리움 키우지만

함박웃음
맑은 향기
어울림 한 세상
살아갈까
살아갈까

은방울 꽃

그토록
청초한 얼굴
아무 말도
아무 말도
하지 마라 하셨나

복받쳐
자랑하고 싶은데
그만 침묵하라고요

초롱초롱
종소리 울리는
맑은 향기

벌 나비는
벌써 알고 왔는데
말로 하려냐는 꾸중에
고개만 푹 숙이고 말았습니다

넝쿨장미에게

긴 고통 이겨내
송이 송이
부풀은 꿈

꿈 꾸렴

때글때글
쏟아지는 햇살에
여름이 익어올 때

피어 피어나
뜨거운 사랑
고백하기를

깊은 밤
별 헤아리며
손꼽아 기다릴게

아직 장미가 피지는 않았지만, 마음속에는 백만 송이
붉은 꽃이 피어나고 있다.
혹 꽃이 입을 열면 늘 원하던 꿈이 이루어질지도 모르
니까?

부추꽃

장독대 가장자리
신주처럼 심어놓고

배아프다하면
된장국 끓여주고

때때마다 김치에
양념장으로

흔하디흔한
풀잎 같아도
아끼던 엄마의 보물

흔들릴 때마다
목메어 보고 싶은 엄마

소슬한 바람에
귀뚜라미 앞장세우고

하얀 별꽃으로
오셨네 오늘은…….

도라지꽃

씨방을 키우려는
쏙이라 빈 가슴

자나 깨나
화두를 붙잡고

기다림이 고개 넘는
긴 세월 *신 들매

언제려나
펑
풍선 터지듯

* 신 들매: 신발 끈을 묶는 것

맨드라미

돌계단
틈새 뿌리내리고

곧게 곧게
향한 열망

붉은 꽃잎
사이 사이

후드득
한 줄기 소나기

선홍빛 그리움
감출 길 없네

야생화

그리움에
여 저기 쳐다봐도
낯선 풍경뿐

갈참나무
은빛갈대 숲
아늑했었는데

딱 한번
눈 맞춤에
따라나섰다가

까무러쳤다
살아나기를 몇 번
이름도 없는 하얀 꽃

호랑나비 한 마리
애처로움에
얼굴 부벼주네

나팔꽃

장미가시 찔리면서
몰래 핀 순정

칠월 햇살
뜨거운 사랑
녹아버린 가슴

또르르
씨방 오므려
떨어지면

바람아
그대 곁으로
데려다 다오

메꽃

밤이슬 맞아
살금 살금
키운 사랑

뉘
보든 말든
보듬고 껴안아

방긋 방긋

수줍어
행복하다
미소짓네

영산홍이 나팔꽃에게

나도
봄 햇살에 꽃 분홍 얼굴로 사랑을 받으며
방글거렸던 적이 있었지

이제
내 몸 얽어매어 네가 꽃 피울 수 있다면
난 하나도 안 아파

주인공이 되렴
그러나 잠자리가 간질여도 참아야 돼
인내를 하는 것이 자비를 배우는 것이란다

수련

너른 잎
눕혀놓고

어느 결에
밀어올린 꽃대

눈부신 열정

어둠내리면
묵언 수행

흐트러짐 없는 고요

물속으로 감추는
겸손

등꽃

밤
낮으로
꽃 등 들고

기다림으로
지친
얼굴

이제 그만
내려놓고

하늘바라
꾸어보는
푸른 꿈

노루귀꽃

하루 종일
쫑긋 쫑긋
기다림

그리움에
할 말 못해
영글어도

주머니에
벅찬 꿈
다음을 기약하네

무궁화
- 독립기념관 무궁화 전시를 보며 -

헌 꽃 떨어지면
새 꽃 밀어 올리고

가는 이
오는 이
나팔 불어

환영하니
잊었던 시절

되찾은 기쁨
두 팔 벌려
만세
만세

삼복더위

가마 속 같다
옥동자 태어나려면
천 삼백도 견뎌야 하건만
이 정도 더위도 못 견디면
어찌 陶母라 하리

아무리 잘 빚고
다듬었다 해도
뜨거운 불속의 심판을
받아 태어나는 도자기

뙤약볕 아래
서고 보니
頭頭 毘盧 (두두 비로)
物物 華藏 (물물 화장)

벼이삭 피어나는 소리
붉어지는 토마토의 얼굴
산통을 안 겪고
태어나는 자 없으련만

푸른 물결 넘실거리는
바다 바라보며
더위를 잊은 시간들
그런 행복 만들어 준 벗
어찌 잊을 수 있을까

잠자리
― 남해 바닷가에서 ―

푸른 물결
유영하는 작은 몸짓

빙~빙
날아
방안 엿보네

뒤돌아 보는
황혼의 부부

시간을 붙잡고
싶은 마음
들켜 버렸네

멈춰질 수는 있을까
돌고 돌아
뱅~뱅

계곡 물소리

숨바꼭질하는
개구쟁이들

까르르 까르르
간지럼

떨어지고
넘어져도

얼싸안고
우리는 하나

시작노트
여름 야외수업으로 원주 치악산 계곡으로 문우님이 초
대해주서서 하루를 즐겁게 보냈다. 한 구절로 계곡을
표현해보라는 교수님의 즉석 제의로 많은 시어들이 쏟
아졌다. 각자의 마음을 그대로 표현한 것이 재미있어
서 너무 많이 웃어서 다이돌핀이 많이 나온 날이다. 요
즈음 여름을 만끽하며 수업하는 재미가 쏠쏠하다.

곰지기 계곡

얼음물 발 담그는
곰지기 계곡

오손 도손
시 낭송 하려니

돌멩이 부딪치며
방해하는 물소리

늘어진 능수버들
흔들 가락 맞추니

꼬불거리는 산모롱이
피어오르는 물안개

* 곰지기 계곡 : 양평군 삼산리 계곡

예전에는 곰이 많이 살았지만 지금은 정성수 시인님의
보금자리이다.

2013년 8월 6일 부악문학회 야외수업을 작년에 이어
두 번째 했다.

여름이라지만 발이 시려 물에 못 들어가는 곳에서 행
복한 추억을 또 하나 만들었다.

칠월 달빛

둥근달
방안 엿보다가
성큼 성큼

덩달아
넘실 넘실
소나무 그림자

산들바람 춤추고
풀 버래 노래
한여름 밤 축제

스며든 달빛향기
둥그러지는
내 마음

제4부

가을 캔버스

가을 캔버스

잡초가 주인공이던 캔버스
가을 그림 그리려
전쟁을 했다

뿌리내린 쇠기풀
찍어내어 패대기
엎드린 쇠비름
싹싹 빌어도
용서 할 수 없어

아물 아물
지쳐가도
이만한 일로 져주기엔
너무 억울해
기를 쓰고 드디어
화선지로 만들었다

구월은

낮에는
농익은 복숭아

밤에는
익지 않은 풋감

팽팽한 줄다리기에
새벽안개 피어올라

젖었다 마르고
마르고 다시 젖어

오동통 살 오른
벼이삭

나 또한
익어 가는 중

입추

벼이삭
고개 내밀어
가을 초청하니

여름 붙잡는 매미
쓰르르 스르르
목이 쉬고

그늘 속에
숨어있던 바람
후~

황금 옷 입은
가을
무대 위에 있겠지

白露 (백로)

아직은 여름

귀또리 앞세운
주춤 주춤
가을

선들바람
소낙비
우르르 쾅쾅

여름의 흔적
뒤돌아 우는
하얀
눈물들

박

두리번거려도
보아주는 이 없는
얼굴

아무도 모르게
달빛 내려와

안아주었나?
점점
해산달
가까워지네

석류

이제야 알았네
비가 오나
바람이오나

일념으로
오로지
키운 정성

새콤 달콤
알알이 영글어

한 움큼
사랑을 꿈꾸며
주려는 마음…….

가을 길에서

흰 구름 건너
산 넘은 햇살

내려앉은 노을
물결 춤사위

은빛억새
금빛 너울

설레어 부풀은
가을 아낙

빠알간 단풍
물들어가네

가을비

시끌벅석에도
쓸쓸하고

깔깔거려도
슬퍼

우산을 받쳐 들고
함께 걷다가

코스모스 눈물에
내 마음도 젖었습니다

하염없이 들길을 걸으며
꼬오옥 꼭

숨겨놓은 허물
씻어봅니다

파 모종

가을
보슬비에
파들이 일어섰다

자고 일어나면
쑥~쑥
신기하고 기특해

날마다
들여다보며
내안의 나
바로 세운다

가을 비 2

폭포같은
열정
세월 따라 식었지만

아직도
외로운 연주
긴 여운

가슴 젖도록
내리는
고요

고개든
내 안의 나
잘 살고 있느냐고 묻는데…….

가을바람

우르르
무리로 몰려와도

만질 수 없는
공허

또 다시
기다리는 설렘

기쁨으로 찾아와
내 품에 안길 날

몸을 부비는
나뭇잎에게
언제 오느냐 물어볼까

구절초 차

노랗게 우려낸
차 한 잔
혼미한 마음
씻어주네

달
   별
      햇살
         바람
           비

하늘 맛

단풍

- 용문사에서 -

골짜기
단풍잎

물길 따라
내려왔네

썩어 한줌
거름되어

작은 풀꽃
맑은 향기

소망
봄 기다리네

용문사 은행나무

천년
검게 물들이고

꽃피워 공양

올리니
울긋불긋
사연 많은 기도

가지사이 사이
조각난 푸른 하늘

투명한 햇살에
無心만 빛나네

단풍 2

시련의 강
흐름에 맡긴
돛단배
피안으로 가는
얼굴

낙엽

찬바람
바삭바삭
몸 사리는 그대

깊은 고요
사그락
사그락

바람 따라
걸림 없는
나그네

나뭇잎

청명 가을
나비된 은행잎

기웃 기웃
찬바람

끝없는 방랑
정처 없는 여행길

영원히 머물 곳
어디일까

늦가을

오는 줄
가는 줄도 모르게
떠나는 그대

보내기엔
떠나보내기엔
아쉬운 미련

바람 햇살로
붙잡을 길 없는데

찬바람 손짓에
떠나가는 가을

어찌하면
가던 길 멈추고
뒤돌아볼까

서리

절명으로 울어대던
귀뚜라미

가는 줄 모르게
떠나더니

푸른 잎
짓밟아

슬그머니
안개 속에 숨었네

놓쳐버린 시간들
허전한 아쉬움

싸한 바람에
갈 길 물어야 겠네

숲 속
− 전남 백아산 자연 휴양림에서 −

숲속 바람이
지나는 소리가 들린다

나뭇잎 흔들리는 소리
수런거리는 빗살

고요가 에워싸고
잎사귀 사이로
햇살이 춤 출 때

나비 한 마리
훨훨 날아가고
들꽃들 박수를 치네

바람

그늘 숲속
바람이 온다

회오리치는
내 마음

날아라 하늘
어깨동무로

멀리 머얼리
아주 ~
머얼리

담양 호수에서

죽 향
날아
머뭇 머뭇

와락 껴안고
풍덩

찌든 거울
마알갛게 닦아
비춰보니

추월산
늙은 사자바위
빙그레 웃네

아침고요 수목원에서

달빛정원
오솔길에

속삭이는
꽃들의 밀어
움트는 사랑

은빛억새
수줍은 들국화

천상의 나팔꽃
힘찬
고동소리

천 년 소나무
기지개에

세상시름
다~
잊고

차 한 잔
내기놀이에
동심으로 돌아갔네

이별을 고하며

가을 햇살이 노을로 붉어지고
나뭇잎들이 빨갛게 물들어 가고 있습니다
내 안의 숲에도 나무들이 물들고 있습니다
그 중에서도 유난히 잘 자라는
덩굴과에 속하는 척 이라는 이름을 가진 나무입니다
한 알의 열매를 얻기까지
아낌없이 버틴 시간들을
송두리째 얽어매고
주인공 노릇을 하는 못된
잘난 척, 있는 척, 아는 척, 착한 척
숨어있다가도 순간순간 나타나
싱긋 웃는 바람에는 늘 속았습니다
곧 낙엽이 지겠지요
낙엽 따라 이제는 이별을 했으면 좋겠습니다
홀가분하게 나목으로 서서
싸한 바람과 입맞춤하고 싶습니다

제5부

겨울 문턱에서

겨울문턱에서

무서리
하얗게

시들어가는
끝자락 가을

마른풀
서걱서걱
허 허
들판

뒷날
밑거름 되려
모든 것 받아드리네

겨울비
– 명절 증후군 –

생각만 했는데도
흠뻑 젖은 알몸으로
다가오는 얼굴들

울고 싶은데…….

사랑의 굴레로
헛웃음 흘리네

감추어 두었던
응어리들

흘려보내려
주룩 주룩
내리네

겨울 산

― 진천 보탑사 뒷산에서 ―

한 점
햇살이 아쉬운
바위틈에

철없는
진달래

두 송이
파르르
파르르

안쓰러워
바랑에 넣고

돌아와 보니
시들어
가여운 모습

차라리
목탁소리 따라
열반 들게 할 것을

설 경

– 영산홍 나무 –

얼어붙은
하얀 눈
온몸으로 뒤척인 흔적
가지가 찢어질 것 같아
위태로울 때

훌훌 털어버린 아카시아
자식들 지키기
그렇게 어려운거라며
빈 가지 사이로
햇살 보내주니

놀란 얼굴들
안도의 모습

첫눈

기별도 없이
찾아온
첫사랑

솜사탕처럼
녹아버린
안타까움

裸木(나목)

부끄러울 것도
숨길 것도 없이
벗어버리면
홀가분할 줄 알았다

몸 가누기 어려운
삭풍에도
깊은 곳에서 들려오는
숨소리

겨울비
추적추적
연둣빛 수액
메마른 가지에
차 오르네

冬木
– 매화 –

칼바람
찔러대도

안으로
안으로

삭히는
냉가슴

향기로 말할 때까지
기다리라
기다리라 하네

설경 2
– 소나무 –

하얗게 물들일 때

꾹꾹
참았던 설움

등성이 넘어온 바람
흔들며 지나가고

쨍한 햇살에
사르르
사르르

설경 3

밤새도록
팔 벌린 나목들
얼마나 힘들었을까

하얀 꽃 피우기 위해
오돌 오돌
참고 또 참은
인내

한줌 햇살에
사라질
무상

발자욱

눈 내리는
골목
어둠 내려도

달빛 별빛
전송 받으며

그대
발자욱 따라

한걸음 또
한걸음

보이지 않을 때까지
하염없이……

진눈개비

들머리 겨울
어정
어정쩡

웃을 수도
울 수도
없지만

또 다른
내일 있기에

사르르
사르르
녹여내네

설경 4
– 눈길 –

얼어붙은
응어리
누그러지지 않아

빠끔히
고개 내민
햇살이

가만 가만
녹여주네

입춘대길

오시는 길목
안개로 가리고

겨울비로
소식 전했는데

모르는 척하기에
문열어보니

버얼써
봄맞이 했네

입춘

무작정
달려오는 소리

고드름
사르르
사르르

응달
잔설

봄소식에
기지개 할미꽃

부풀은 가슴
두리번
두리번

소나무의 일생
- 전남 장흥 편백나무 휴양림에서 -

적송방에 누워
바라보니

아픔으로
옹이 옹이
자욱 자욱마다

햇살
달
별
바람
머물어 피어난 꽃

빛이 되어
따스한 기운
솔 솔 스며드네

아침바다

찬란한 햇살이
내려앉으면

반짝 반짝
눈부신 춤사위

내 안의 섬들
기지개를 펴고

거친 숨소리로 달려드는
욕망의 파도에
세속을 씻어버리고

투망 가득 희망 담아
고운님들 가슴마다
나누어 드리고 싶네

편백나무 숲

- 전라남도 장흥 자연치유 숲에서 -

햇살 고루내리면
달빛도 따라온
분별없는 평화

하늘 향해
합장한 세월

향기
바람에 날리니

얼룩얼룩
삶의 잔해들

씻으러온 나그네의
벗이 되었네

작품평설

채수영(시인, 문학비평가)

1. 마음의 무늬

시는 시인의 마음을 나타내는 그림일 것이라는 말은 심리적인 흐름을 진솔하게 나타내는 데서 유추가 가능하다. 또 시가 자기 독백이라는 한계 속에서 벗어날 수 없는 이유에서도 앞의 논거는 확신성을 가질 수 있다면 시는 곧 거울의식을 갖는다. 거울에 자기를 비출 때, 왜곡현상도 나타날 뿐만 아니라 어느 지점에서 자기를 바라보는가에 따라 느낌은 다를 수가 있다. 다시 말해서 환경의 혹은 심리적인 처지에 따라 좌우되는 기분이 있을 수도 있다. 결국 시인의 정서와 환경 그리고 학습의 여부에 따라 문자로 반영되는 시의 표정은 개성을 소유하는 절차로 곧바로 돌입된다.

인간은 정신과 육신이 조화로 한 사람의 성품이 가늠된다, 이 둘의 원만한 조화는 인품이라는 향기로 멀리 길을 가는 요소가 될 수도 있을 것이다. 한 시인의 일생은 굴곡과 처지에 따라 정신의 반응은 다르게 표출되기 때문이다. 일평생을 평탄의 길만 걸어온 사람은 험준한 협곡과 강물의 깊이를 모를 뿐만 아니라 태산의 바람을 감지하는 경우가 빈약할 수도 있다면 평탄한 길만을 지나온 나그네는 전자와는 다른 정신의 물결이 일렁일 수 있다. 이처럼 한 편의 시에는 시인의 삶이 녹아있기 때문에 심층적인 바라보기가 필요한 소이(所以)가 된다.

이순이의 시는 주로 불교적인 정서가 바탕을 장악하고 있고 이런 이유가 시의 여기저기 출몰한다. 물론 종교의 간판이라는 것을 내세우는 종교시가 아니라 삶의 모든 영역을 그렇게 생각하는 향기가 나온다는 말이다. 꽃의 향기는 가까이 갈 때 더욱 선명한 느낌을 가질 수 있고 멀리 가는 바람에 의해 이는 더욱 확실성을 그의 삶에서 관찰할 수 있다.

이순이의 시는 제1시집에 비교하면 몇 가지 특징을 눈여길 수 있다. 그 첫째는 시에 대한 신념이 더욱 공고화되었고 이를 바탕으로 자기정화의 몸단장을 바라볼 수 있을 뿐만 아니라 사계절의 변화를 수용하는 시적 느낌과 역시 종교의 바탕이 정신 깊이 각인된 이미지들이 축을 이루면서 상호 교환 작용을 이루고 있다. 시는 어느 하나만의 요소의 출현이 아니라 정신의 총체적인 요소들이 결합하여 한 작품을 이룬다는 결정(結晶)을 눈여겨야 한다는 말은 이 경우 예외가 아니다. 이는 등불(따시최된)을 향한 구체적인 행보가 향기로 발산되는 모습에 이른다는 뜻이다. 다음 시는 이순이가 선언적인 의미로 받아들일 수 있는 변화의 상징성을 갖고 있는 우수한 작품이다.

가을 햇살이 노을로 붉어지고
나뭇잎들이 빨갛게 물들어 가고 있습니다
내 안의 숲에도 나무들이 물들고 있습니다
그 중에서도 유난히 잘 자라는
덩굴과에 속하는 척 이라는 이름을 가진 나무입니다
한 알의 열매를 얻기까지
아낌없이 버틴 시간들을
송두리째 얽어매고
주인공 노릇을 하는 못된
잘난 척, 있는 척, 아는 척, 착한 척
숨어있다가도 순간순간 나타나
싱긋 웃는 바람에는 늘 속았습니다
곧 낙엽이 지겠지요
낙엽 따라 이제는 이별을 했으면 좋겠습니다
홀가분하게 나목으로 서서
싸한 바람과 입맞춤하고 싶습니다
　　　　　　　　　　　　─「이별을 고하며」

　"척"에 대한 후회와 반성이 차분하게 시화(詩化)했다. 이
는 사무사(思無邪)가 시(詩)라는 근본에 대한 해답을 듣는
이유도 담겨있다. 아주 간단하면서도 교훈적 혹은 누구나
받아들일 수 있는 정서의 공통성을 자분자분 말하는 호소
력이 담겨있기 때문이다. '잘난 척, 아는 척, 착한 척'의 함
정은 인간 누구나 범하는 아픔이지만 이런 안개를 걷고 순
수한 민낯의 얼굴을 보여주는 경우는 희소(稀少)하다. 인간
사는 감추고 변명하고 압도하는 일이 대다수의 어리석음
이지만 이를 안 다해도 고치려는 반성의 마음보다는 또 다

른 변명거리를 찾아 방황하는 일상이 삶의 대부분이기 때문이다. 여기서 이순이는 척의 병을 버리고 꾸밈없는 나목(裸木)과 싸한 바람을 맞으면서 깨달음의 길에 서있기를 염원하는 생각−<이별을 고하고>의 진솔성에 감동을 준다.

2. 시에 대한 소회(所懷)

시인의 생각은 시로써 시론을 쓰는 일이라야 한다. 지루하고 현학적(衒學的)인 자기 과시의 탐닉(耽溺)이 아니라 벗겨진 자기로서의 만남을 이룰 때, 그가 쓴 시에는 향기가 난다. '싸한 바람'을 맞으며 느끼는 깨달음의 일상은 곧 시의 근사한 소재로 나타나는 삶-이를 정신 건강의 비법이라 말하면 이순이는 그런 시의 생각에 항상 물길을 내려는 자기 변화의 길을 탐구하고 있음을 예로 한다.

<가을바람>과 <시−도토리> 그리고 <시−마른장마>, <등꽃>에는 시인이 쓴 시론이자 시를 기다리는 염원의 기도와 같은 속삭임이 이채롭다.

우르르
무리로 몰려와도

만질 수 없는
공허

또 다시
기다리는 설렘

기쁨으로 찾아와
내 품에 안길 날

몸을 부비는
나뭇잎에게
언제 오느냐 물어볼까

—「가을바람—시」

　이순이의 시는 쉽고 이해의 길이 넓다. 이는 사물의 속성을 확실하게 이해했을 때, 쓸 수 있는 조건이기에 매우 지난(至難)한 시인의 숙제이기도 하다. 그러나 짧고 간명하게 언어의 운용에 대한 오랜 이해와 거기에 부수되는 숙제를 완수한 이후에 가능한 일이 달성되는 이치와 같다. 이순이는 이점에서 시를 바라보는 깊이의 정서가 이채롭다.'내 품에 안길 날'을 고대하는 마음은 이미 종교의 경지처럼 공고화되었기 때문이다. 이런 정신이기에 '언제 오느냐 물어볼까'에 힘이 실리고 또 쉬운 시(詩)이면서도 전달의 에너지를 발산하는 길이 넓다는 특징이다. 다음 시 또한 앞의 시와 유사한 염원이 신념의 깃대를 세우고 있는 증거이다.

가시덤불
토실한 얼굴

하나, 둘
모아 모아서

속살 보일 듯 말듯
껍질 벗겨내고
햇살에 말려

맑은 물 우려내
가라앉히면

고운 詩로
새 생명 얻었네

　　　　　　　－「시－도토리」

　도토리를 주워서 음식을 만들기 위한 절차는 정성이라
야 한다. 줍고, 껍질을 벗겨내고, 말리고의 과정은 모두 정
성이 가미되는 데서 맛으로의 요리가 나올 수 있기 때문이
다. 시의 경우도 이와 유사한 비유가 통한다.

　시를 쓰는 일은 정성이고 그 정성이 이미지와 이미지로
모아져서 비로소 한 편의 집을 지을 수 있다는 점에서 집짓
기와 유사하다. 섬세와 정성 그리고 구조의 이해 또는 전체
의 집으로서의 풍광 등을 결합하여 비로소 목적을 달성하
는 일은 곧 시인의 재능으로 귀환하는 일이기 때문에 시인
의 머리는 치밀한 과학자의 뇌－ 정치(精緻)함을 갖는 창조
의 미학을 구현하는 사람이라야 한다. 기실 도토리를 주워
서 묵을 만드는 일－ 시적 구조로 탄생할 수 있는 경험은

결국 여성적인 삶의 체험이 상상으로 결합하는 특성 또한 이순이의 시에서 발견되는 재미가 된다.

3. 자기 정화(淨化)

우물은 자기 정화를 한다. 다시 말해서 땅 속에서 온갖 불순물을 제거하고 깨끗함으로 목적지에 이른 물은 항상 자기 수련 혹은 심사(心思)한 사고의 깊이를 평상심으로 가질 때, 깨끗한 물로써 사람을 이롭게 하는 목적이 달성된다. 우물만이 아니다. 자연의 물은 움직임으로써 자기 정화의 수순을 밟는다. 모든 산천의 흐름은 또는 자연의 모든 순리는 정화의 길을 찾아가는 길이 있지만 인간은 왜곡하고 꾸미는 것 때문에 이기의 욕망 혹은 비극을 불러오는 함정에 빠진다. 흙탕물은 욕망의 늪에서 스스로 불러들이는 절망이 앞장서서 다가온다는 데는 순리의 길을 벗어난 처절한 결과물이 된다.

아픔으로
옹이 옹이
자욱 자욱마다

햇살
달
별

바람

머물러 피어난 꽃

　　　　　　　　　－「소나무의 일생」에서

　'꽃'의 이미지는 절정 혹은 목적의 완성을 의미한다면, 꽃을 피우는 일은 해와 달, 별, 바람의 온갖 시련을 거치면서 단련된 완성을 의미한다. 꽃이 피는 일은 인간의 경우로 환치(換置)하면 아픔과 시련 혹은 고통의 길을 지나온 경험의 축적에서 깨달음의 인격을 의미한다. 아픔이 없다면 또는 고난의 길을 걷지 않았다면 목적지에 이를 수 없고 설혹 이른 다해도 격조 높은 품위를 구비할 수 없다는 것은 보편적인 가치의 의미일 것이다. 꽃은 향기를 대동하기 때문에 고귀함의 가치로 상승한다. 신약의 마태복음에는 '들꽃이 어떻게 자라는가 살펴보아라. 그것들은 수고도 하지 않고 길쌈도 하지 않는다. 그러나 온갖 영화를 누린 솔로몬도 이 꽃 한 송이만큼 화려하게 차려 입지 못하였다'란 말은 순수미 혹은 자연스런 상태의 미학을 뜻하는 것이리라. 인간은 꾸미고 더한다 해도 들판에 핀 꽃 한 송이의 아름다움에 가까이 가지 못한다는 이치는 자명하다. 이는 소로우가 말한 것처럼 '꽃의 매력의 하나는 그에게 있는 아름다움의 침묵이다'라는 말을 음미할 필요가 있다. 자연스러움의 미학이 가장 지고(至高)하다는 뜻이 살아나는 말이다. 이순이의 시에는 비바람과 눈보라 혹은 따스함과 추위를 거치는 세월 속에서 소나무의 옹이처럼 자연스러움이 가장 큰 아름다움이라는 설득이 담겨있다.

초롱초롱
꽃등 들고

몇날 며칠
기다립니다
하염없이…

─「초롱꽃」에서

기다림은 자연의 모든 생명체의 특징이다. 결국 시간은
기다림의 길을 넓히는 일이고 이 속에서 살아가는 생명은
생각의 길을 찾아 끝없는 탐구의 시간을 갖는다. 이 과정에
서 목적지에 이를 때를 완성 혹은 꽃으로 비유할 수 있을
것이기 때문에 이를 위해선 기다림은 필수적인 요소가 된
다. 이 과정이 곧 자기 정화의 시간으로 치부될 것이라면
이순이의 시는 하루하루가 수양의 길을 찾는 도반(道伴)의
일생처럼 보인다. 설사 건강부회의 생각으로 부처님을 향
하는 일념이든 아니든 그것은 곧 자기의 생을 순수하고 꾸
밈없는 삶의 피륙─날줄과 씨줄로 엮어 의미로 삼는 생의
길이라는 뜻이다. 누가 보거나 말거나 그것을 개의(介意)할
필요는 없다. 우물의 물은 스스로를 위해서가 아니라 타인
을 위해 몸을 맡기는 일이기 때문에 성스런 임무가 되는 이
치─ 설사 부처님을 만난다 해도 달라지지 않는 삶의 진실한
태도, 넘치거나 부족에 우는 것이 아니라 항심(恒心)의 평형
을 유지하는 정신을 가질 때, 비로소 순수성은 가장 극명한
아름다움을 표출 하게된다. 맑고 깨끗함에서 오는 평형은 시

의 표정으로 살아나는 바, 기다림은 자기 정화의 방편(方便)이기에 '몇날 며칠/기다립니다. 하염없이…'의 의미는 정진의 길이 곧 이순이의 삶에 진정성이라는 뜻으로 느껴진다.

4. 깨달음을 위한 줄기 찾기

인간은 무지의 숲속에서 빛을 찾아 헤매는 나그네의 행로가 일생의 길이 된다. 어둠을 장님처럼 터벅거리는 사람이 있는가하면 지혜를 앞세워 비록 눈을 감았을지라도 넉넉한 마음으로 걸어가는 사람이 있다. 이 차이는 바로 마음의 깨우침이 있는가 아닌가에서 분기된다. 욕망으로 마음을 가리면 앞이 보이지 않고 그 먼지를 걷어내면 눈을 감았던 아니든을 불문하고 길이 보이는 법이다. 이런 이치를 불가에서는 중심 ―욕심을 걷어라라는 말로 설법한다.

오욕은 색(色) 성(聲) 향(香) 미(味) 촉(觸)이라 말하기도 하고 재물욕, 색욕, 식식욕, 명욕(명예욕), 수면욕이라고도 하지만 이 다섯 가지는 서로 어울려서 무시로 다가들 때, 이를 경계하는 것은 항상 정신이 깨어있을 때, 욕망의 그물을 벗어날 수 있을 것이다. 사실 간단한 문제 해결 방법이지만 이를 실천하면서 산다는 것은 어려운 일이 된다. 결국 욕심은 인간을 깨달음의 길로 인도하는 교과서와 같을 때, 이를 어떻게 활용하는 가의 문제는 개인이 넘어야 할 일상의 문제로 해석된다. 불교는 행동철학이다. 행동이 있을 때, 화두는 해결을 볼 수 있는 것이지 높은 곳에서 지시하는 철학이 아니다. 때문에 항상 바르게 살아야 할 명제가 팔정도로 제시된다. 바른 견해의 정견(正見)과 바른 의지 또는 결의의 정사유(正思惟), 정사유 뒤에 생기는 정어(正語), 바른 신체적 행위의 정업(正業), 또 바른 생활의 정명(正命), 용기를 가지고 바르게 노력하는 정정진(正精進), 바른 의식을 가지고 이상과 목적을 잊지 않는 정념(正念), 정신 통일을 의미하는 혹은 무념무상의 정정(正定) 등 여덟 가지 명제는 속인이 깨달음의 길에 들어서는 주요한 목록이다. 때문에 불교는 현실을 떠나서는 존재할 수 없는 일로, 먼 이야기와는 상관이 없고 오로지 현실에 충실함을 강조하는데 방점이 있는 철학이다.

이순이의 시에는 이런 정신이 도처에 깔려있어 행동을 이끌어가는 미학이 시로 완성된다. 다시 말해서 이순이의 시를 이해하는 길은 결국 불가의 정신인 실천 정신을 수행하기 위해 속세의 일들 앞에 맑고 투명한 삶의 지표를 갖고 살아야 한다고 강조한다. 이를 위해서는 관조의 세계-호수에 맑은 물위에 바람 한 점만 지나도 파문이 일어 욕망의 그물에 갇히는 것과 같은 명상과 관조의 깊이에 들기를 갈망한다. 그 첫째 덕목은 자비(慈悲)정신으로 출발한다. 남을 사랑하고 가엾게 여기는 정신이 있을 때, 자비의 길은 열린다고 말한다.

이제
내 몸 얽어매어 네가 꽃 피울 수 있다면
난 하나도 안 아파

주인공이 되렴
그러나 잠자리가 간질여도 참아야 돼
인내를 하는 것이 자비를 배우는 것이란다
—「영산홍이 나팔꽃에게」중

참고 인내하면서 차안(此岸)에서 피안(彼岸)으로 가는 것을 목표로 한다. 현실 즉 차안은 욕망의 늪이 그물을 치고 한 발자국 앞에 고통과 아픔 그리고 신산(辛酸)한 비극이 기다리고 있는 현실을 지나는 길은 순수와 깨끗함으로 다리를 놓아 모든 사람들에게 사랑의 옷을 입히려는 임무를 수행하는 자세를 가질 경우, 불교는 가장 지선(至善)의 방도라 가르친다. 자비는 사랑이라 말하는 것은 사전 속에 들어있는 말-그런 피상적인 사랑의 용어는 아니다. 앞에서도 말했지만 실천의 길을 따라가는 길이 오로지 있을 뿐이다. 이순이의 정신은 비록 달관(達觀)의 경지는 아닐지라도 그런 실천의 길에서 어떻게 살아야하는가를 모색하는 시인이다. 비록 나팔꽃과 영산홍의 비유가 어울리는 길에 때로는 방해의 길이 될지라도 너는 '네가 꽃 피울 수 있다면'의 조건을 충족하면 나는 통증이 있을 리 없는 헌신(獻身)의 바탕을 가지고 살아간다. 이런 자세는 곧 인내의 긴 강을 건너면서 자비의 문 앞에 이르기 위해 투명한 의식을 곧추세우는 삶의 모습이 선연하다.

보살은 깨우쳤지만 부처의 자리를 마다하고 현세의 인간은 구조하고 마지막에 부처의 자리에 앉으려는 발심을 갖는 보살은 자기도 이롭고 타인도 이롭게 하는 점에서 친

근함을 앞세운다. 다시 말해서 나만의 고집이라는 아집을 버릴 때, 보살행은 시작될 것이다. 여기선 자기만의 길이 앞서야 한다.

> 벙어리
> 귀머거리
> 텅 빈 가슴
>
> 세상 뜻
> 받아드리니
>
> 보살이 된 빛
>
> ─「주목나무」에서

소통을 하는 사람과 불통의 사람이 있다. 전자는 상대를 이해하는 혹은 이해하려는 마음을 가진 사람이고 후자는 자기만의 고집 속에 사는 사람이다. 인간은 완전과는 동떨어진 존재이기 때문에 나와 너를 이해하려는 넓이를 가질 때, 원만의 사회가 성립된다. 이순이는 온통 깜깜한 세상에서 '세상의 뜻'을 수용하려는 마음을 갖고 있기 때문에 번뇌의 길에서 벗어난 안도감을 갖고 살아갈 수 있는 것 같다. 불평과 불만이 자기를 잡아먹는 것도 모르고 욕망의 전차를 굴리는 사람의 세상은 아귀(餓鬼)가 사는 공간이라면 '보살이 된 빛'의 자세를 갖는다면 햇살도 아름답고 비가 내리는 산천도 아름다움의 느낌을 갖고 살아간다. 이 둘의 차이는 결국 '나'라는 존재가 어떤 생각, 어떤 행동으로 살아가는가의 문제일 뿐 누구도 유토피아를 안내하지 않는다. 지금 서있는 공간에서 지옥과 유토피아라는 선택의 문제가 현실에서 삶의 자세가 될 뿐이다. 이순이의 시는 피안의 세계가 아득하고 멀리 있는 미래 공간이 아니라 오늘 그리고 현실에서 체온을 나누는 이웃사람 속에서 자기 정화의 수행을 완수하는 그런 시인이다. 이는 인연을 중히 여기는 데서 해답을 마련한다.

> 어떻게
> 내게 왔을까
> 우주의
> 숨소리
>
> 거친 흙
> 두 손 모아
> 정성으로 심어놓고
>
> 탄생을
> 기다리는
> 마음
>
> 날마다
> 날마다
> 두근거리는 사랑
>
> — 「인연」

 나를 찾는 일은 나를 바르게 알기 위한 수순이지 고도한

명상만을 추구하는 일은 아니다. 때문에 어디서 와서 어떻게 살아가는가는 현실의 기초위에서 생각의 길이 넓어지는 일이다. 내가 있고 다시 이웃이 있을 때, 인연의 줄기는 넓어지고 사랑의 실천도 가능한 문을 열게 된다. 다시 말해서 나는 곧 우주의 중심이고 이 중심을 알고 다른 우주에 관심을 갖는 일은 결국 나를 아는 길이 서로간의 인연에의 얽힘이 된다. 때문에 이웃의 소중함이 곧 나의 고귀함으로 논리의 길이 마무리 된다. 일체의 존재는 인연으로 낳고 인연으로 멸(滅)하는 절차에서 삶은 항상 자기를 돌아보는 깨달음에 궁극의 길이 불가 신봉의 삶이 될 것이라는 뜻이다.

무상에는 2가지가 있다. 찰나(刹那)동안에도 생(生), 주(住), 이(異), 멸(滅)하는 것의 찰나무상(刹那無常)과 한평생 동안 생(生), 주(住), 이(異), 멸(滅)의 상속무상(相續無常)의 네 가지 모양(相)으로 구분한다. 현재와 평생 동안 생기고, 머물고, 변하고, 없어지는 일이 결국 무상의 길에 있는 이름일 뿐이다. 그러나 열심히 살아 최선을 다하는 일이 곧 무상의 길에 의무일 뿐인 것이 인간의 길이다.

놓아야지
놓았다

하루에도
수없이
잡았다
다시 놓는

줄다리기

언제
언제쯤이면
놓아버릴까

                          −「애착」

시를 쓰는 일은 수도(修道)하는 일과 같다. 욕망은 수도의 길에 훼방의 이름일 뿐이기 때문이다. 이 단어 저 단어를 끌어다 붙이면 너덜거리는 넝마에 불과한 것이 욕심의 결과라면 한 편의 시에 고심한 시인은 버리는 것이 무엇일까를 고민한다. 진정한 사람의 길도 이와 같다. 왜냐하면 변하지 않는 것은 없고 그 변화 속에서 새로운 것들이 나타나고 다시 변하고의 되풀이가 우주 자연의 질서이기 때문이다. 물론 무상이라해서 모든 것에 인연을 끊어버린다면 이는 무상의 이해가 아니라는 점을 알아야 한다. 오늘을 성실하고 충실하게 살아가는 굳은 마음을 갖고 살아가는 일은 우주의 질서에 순응하는 일이 되기 때문이다. 순응은 곧 자기를 깨달음의 길에 들어간 바른 자세로 이해될 때, 자비 정신이 불을 켤 수 있다면, 이순이의 삶에 팔정도는 굳은 실천에서 다음 시가 적당한 비유로 등장한다.

눈 내리는
골목
어둠 내려도

달빛 별빛
전송 받으며

그대
발자욱 따라

한걸음 또
한걸음

보이지 않을 때까지
하염없이⋯⋯

―「발자욱」

　무상의 세상을 참으로 이해했을 때의 바른 자세가 <발
자욱>이다. 눈이 내리거나 비가 오거나 아니면 별빛이나
햇빛의 찬란함을 개의하지 않고 오로지 정신의 바른 자세
로 살아가는 일은 의미의 생을 기록하는 일이다. '그대'라
는 지칭이 부처이든 아니든을 막론하고 나의 주관에 따라
곧고 성실하게 하루하루를 살아가는 모습은 이순이가 지
표로 삼는 철학이다. '한걸음 또/한걸음'의 보폭에는 생의
의미가 따라오기 때문이다. 누가 뭐라든 옳은 일에 헌신하
고 자비의 정신을 실천으로 펼칠 때, 삶의 모습은 아름답게
시심(詩心)에 물드는 풍경이 전개된다.

5. 계절의 상념

시는 물상에 대한 반응으로 시작한다. 다시 말해서 사물을 바라보고 어떤 상념이 발동할 때, 시인은 예민한 촉수를 발동하여 이미지를 포착한다. 이런 견지에서 시인은 항상 깨어있는 정신으로 사물의 이면이나 전면을 통찰하면서 시화(詩化)의 대상을 찾아 나서는 일상이 된다. 아마도 경험의 요소가 가장 민감한 감수성으로 다가드는 것은 누구나 동일 할 것이다. 왜냐하면 시를 쓰는 일은 사물과 체험의 직접 대면이기 때문에 계절은 곧 시인이 살고 있는 일상의 흐름에 대한 상상이 시발(始發)하는 공간이기 때문이다. 우주의 운행에 따라 계절은 저절로 다가온다. 다시 말해서 누가 오라해서 오는 것이 아니라 오게 되어 있기 때문에 오는 것이지 간섭에 의해 오는 것은 아니다. 이를 우주의 질서원리라 말할 것이다.

봄－인간이 정한 순서일 뿐이다. 겨울이 먼저일 수도 있고 또 그런 이론도 타당성을 갖는다. 왜냐하면 계절은 순환의 길을 따라오기 때문이다. 겨울이 지나면 비가 내리고 이내 굳었던 땅에서 싹이 나오고 또 꽃이 피는 봄은 가장 봄비는 시절이다.

방울방울
빗물에
얼굴 씻고

바람에게
귀를 열어
봄비 받아들이는
나뭇가지들

망울망울
꽃눈들
커져 가는데

어서 어서
깨어나거라
내 안의 새싹들

－「봄맞이」

봄날은 비로 온다. 만약 비가 없다면 땅의 기운은 열리지 않기 때문이다. 결국 물의 여부에 따라 변화를 실감할 수 있고 또 그 변화는 새로운 의미가 따라온다. 무거운 어둠의 깊이에서 봄은 문을 열라는 신호가 되고 이로부터 생명의 이름은 시작을 알리게 된다. 이순이도 봄의 기운을 느끼는 촉수를 동원하여 '얼굴을 씻고'로 새로운 세상과의 조우(遭遇)에 나선다. 이는 바람과 햇빛이라는 조력을 받아 생명의 약동이 시작되고 기운을 얻은 나뭇가지들은 푸른 변화 앞에 자랑을 색채로 펼친다. 왜냐하면 봄비를 '받아들이는' 스스로의 노력이 가미되기 때문에 변화의 파도는 일시에 놀람을 주게 된다. 식물들의 키가 '커져 가는 소리가 들리고' 이에 따라 마음이 분주해지는 세상은 한가득 충만한 기쁨의 향기가 드높이 날린다. '어서 어서/깨어나거라/내 안의 새싹들'을 재촉하는 시인의 마음은 기쁨이 배가 되는 환희의 발성이다. <봄비>, <봄맞이>등의 여름 의식은 다가 올 여름의 길을 인계하는 씩씩한 걸음소리가 들리는 것 같을 때, 이미 여름의 전조(前兆)는 다가든다 <오월은>, <여름달밤>, <여름> 등 분주의 소리가 향기로 하늘에 가득해진다.

다가와도
데일 것 같은 정열을
가만 가만 달래
그늘에 앉혀놓고

솔바람
간질이면
토란잎에 담아
마음에 안겨주고

받아
붉어가는
토마토처럼

그렇게 살다보면
귀뚜라미 우는 밤
찾아오겠지

− 「여름」

여름의 정취를 아주 선명하게 그린 그림이다. 적절한 비유 그리고 살아있는 의미의 중첩과 이미지 연결의 적절성 등은 시의 품격을 높이고 있다. 특히 '다가와도/데일 것 같은 정열/가만 가만 달래/그늘에 앉혀놓고'의 이미지는 격조를 높이는 시심의 표현이다. 특히 '그늘에 앉혀놓고' 무얼 말할까의 상상은 아름다움의 기교가 된다. 그러다보면 가을의 전령사는 다가올 것이고 이런 계절의 순환은 삶의 가파름을 넘어가는 고비의 여유가 이채롭다. 하면 '마중 간/귀뚜라미/가을 왔다는 소식' <여름 달밤>의 휘엉청의 달이 반가움을 대신하는 재미가 높다.

가을은 익어가는 의미가 부풀어 오른다. 왜냐하면 결실이라는 의미로 정리하는 분주함도 자연스레 발걸음이 빨라지기 때문이다.

> 젖었다 마르고
> 마르고 다시 젖어
>
> 오동통 살 오른
> 벼이삭
>
> 나 또한
> 익어 가는 중
>
> — 「구월은」

위 시의 압권은 '나 또한/익어 가는 중'에 있다. 자연의 섭리에 따라 인간은 거기에 반응하는 길이 삶의 일상이다. 만약 인간이 자연의 질서에 순응하지 못한다면 도태의 운명을 맞아야 할 뿐만 아니라 삶의 길이 없어지는 비극에 직면한다. 자연은 엄정한 질서에 의해 움직이고 그 움직임에 따라 인간 또한 삶을 구축하는 길을 만들면서 살아야 한다. '오동통 살 오른'이미지는 곡식이지만 자연스레 따라오는 '나 또한'의 순응이 있기 때문에 가을은 이순이에게서 생동하는 지혜의 길을 만들게 되는 것 같다. <가을 캠퍼스>, <단풍>, <입추>, <석류>등 가을의 이미지는 성숙에 따른 감회가 지혜로 돌아가는 길이 보이는 것 같은 정서가 특이롭다.

시작은 끝이 있고 출발은 종점이 있어야 한다. 봄의 시작과 화려의 여름 그리고 익어가는 가을의 길이 겨울로 집중된다. 인간사 또한 이런 계절의 질서와 다름이 없는 데서 시는 존재를 아름답게 채색하는 길을 만든다.

<설경>, <겨울비>, <겨울산>, <동목>, <나목> 등 상당히 많은 시의 내용이 겨울로 점철되었다. 그러나 겨울이 냉혹하거나 슬픔 혹은 비극의식과는 멀리 있음이 이순이 시의 특성이다. 시는 시인 자신을 나타내는 표현법이다라는 말은 정확한 정리일 것이다. 시련과 아픔 속에서 오히려 희망을 말하고 따스함을 전달하기 위해 마음을 깨끗하게 만드는 일은 시인 본래의 임무이지만 이순이의 시에는 휴머니즘이 물살을 탄다. 추위에서 매화를 생각하고, 겨울비에도 수액의 흐름을 감지하는 마음이 따스하기 때문에 느끼는 정서이다. 이는 사물의 이면 깊이를 통찰(洞察)하는 마음이 있어야만 휴머니티도 발동될 수 있다는 견해를 더하면 사물에 대한 이해의 폭넓이와 같다.

한 점
햇살이 아쉬운
바위틈에

철없는
진달래

두 송이
파르르
파르르

안쓰러워
바랑에 넣고

돌아와 보니
시들어
가여운 모습

차라리
목탁소리 따라
열반 들게 할 것을
　　　-「겨울 산-진천 보탑사 뒤산에서」

　겨울에 진천 보탑사에 들러 햇살 따스한 곳에 철없는 진
달래가 피어있어 근심으로 바라본 시심이 따스하다. 천방
지축으로 추운 줄도 모르고 철없이 꽃이 핀 경우는 많이 보
는 일들 중에 하나다. 염려와 가엾음에 '바랑에 넣고'의 친

절이 오히려 후회를 자극한다. 시들어 '가여운 모습'은 차라리 그냥 두고 올 것을 반성하는 일은 친절이 때로는 상대의 아픔을 자극할 수도 있다는 교훈이 앞장선다. 그러나 철없이 핀 진달래와 호의로 가져온 마음 사이에는 분명 앞서야 할 가치가 있다. '열반 들게 할 것을'에서 이순이의 마음은 이미 철없는 진달래에 앞선 따스한 정서가 감싸기 때문이다. 그러나 삶은 때로 선택이다. 그 선택은 가장 지고(至高)의 가치에 둘 때, 때로는 그늘도 있을 수 있지만 결국 승리의 불을 켤 수 있기 때문에 이순이의 선택은 가치로의 행위로 정리된다. 물론 경우에 따라서는 있는 그대로 두어야 한다는 말—때로는 남의 일에 간섭이라는 뜻이 될 수도 있기 때문이다.

6. 돌아보는 길에서

이순이의 시는 간명에서 의미를 끌어오는 재미가 있는 시인이다. 관조(觀照)의 세계를 찾아 끝없는 단련을 시와 행동에 일치를 가치로 삼는 시인이라는 뜻이다. 불심이 깊이가 시의 중심을 관류(貫流)하면서도 그런 내색을 보이지 않으면서 무게를 갖는 일은 시인의 재능이다. 시와 불심을 둘이 아니고 하나라는 표본으로 삼으면서 자연의 숨소리를 끌어오는 기교가 적절하면서도 아름답다. 아울러 휴머니티의 옷자락이 넓고 이를 행동으로 모범을 삼을 때, 감동도 따라오는 그런 시인이다.

마음 무늬 그리고 바라보기

초판 1쇄 인쇄일		2015년 11월 26일
초판 1쇄 발행일		2015년 11월 27일

지은이		이순이
펴낸이		정진이
편집장		김효은
편집/디자인		우정민 김진솔 박재원
마케팅		정찬용 정구형
영업관리		한선희 이선건 최재영
책임편집		김진솔
인쇄처		월드문화사
펴낸곳		국학자료원 새미(주)

등록일 2005 03 15 제25100-2005-000008호
서울시 강동구 성내동 447-11 현영빌딩 2층
Tel 442-4623 Fax 6499-3082
www.kookhak.co.kr
kookhak2001@hanmail.net

ISBN		979-11-86478-54-7 *03800
가격		11,000원